U0024997

四海俳句賞評集

四海・文學雅舍　　編著

目次

1.安詳而寧靜的〈如夢令〉
——懷鷹賞評孫嵐〈如夢令〉

露凝荷葉杯

風撓綠腰花弄影

水淨點蜻蜓

〈如夢令〉，詞牌名，又名〈憶仙姿〉、〈宴桃源〉、〈如夢令〉，單調，三十三字，七句、五仄韻、一疊韻，上去通押。

當然，孫嵐不是寫正統的〈如夢令〉，而是借這個詞牌名發揮自己的構思。我們來看看她是如何表達的？

第一句「露凝荷葉杯」，是寫景兼狀物。該是清晨時分，露水凝成珠，在荷葉杯中滾動或靜靜凝立。露珠是在向荷葉傾訴心曲嗎？唐代溫庭筠的〈荷葉杯·一點露珠凝冷〉中寫道：「一點露珠凝冷，波影，滿池塘。綠莖紅豔兩相亂，腸斷，水風涼。」

此詞通過描寫破曉時的荷塘景色來表現秋日離愁。前四句寫波光荷影，露珠滴滴，綠莖紅花，繚亂其間，清麗可愛；後兩句寫情，面對清涼的水風，神情悠然。全詞描寫景物形象生

動，似一幅荷塘曉色之素描，情景交融，宛轉含蓄。

　　孫嵐的「荷葉杯」卻是一幅美景。

　　「風撓綠腰花弄影」。綠腰好比溫詩的「綠莖」，「花弄影」多了一層風撓的景象；它大概出自北宋詞人張先的〈天仙子〉：「沙上並禽池上暝，雲破月來花弄影。」這一句用得巧，比溫詩的「紅豔」的隱喻來得具象，富有動感。

　　「水淨點蜻蜓」，蜻蜓點水本是成語，比喻做事不夠深入，只是表面功夫。但詩人反其道而行之。水淨，清涼乾淨的水，引來蜻蜓「點水」，驚動了荷葉杯上的露珠，也許滑落在水裡，這是延伸的不露痕跡的意趣。露珠、荷葉杯、綠腰、花弄影、點水的蜻蜓，一幅清晨的花卉圖，恬靜、和諧，我們跟露珠融合在一起了，耳邊傳來蜻蜓點水的輕微的聲響，整顆心無比的安詳而寧靜。

2.「試問」春在何處？
——懷鷹賞評孫嵐〈尋〉

試問春行跡

胭脂海棠梨花雨

枝頭響黃鸝

　　〈尋〉有兩層含意，一是尋失去的東西；一是尋尚未發現和擁有的東西。它所派生出來的詞語有尋找、尋覓、尋思、尋求、尋味等。它是量詞，也具有多義詞的特性。它最早見於商代甲骨文，古字形是一人伸開雙臂丈量的樣子。

　　孫嵐的〈尋〉，尋的是什麼呢？兩個字可以概括：尋春。

　　春夏秋冬是季節的統稱，尋春便是尋找春天的蹤跡。但首句開頭用了「試問」這個不確定的片語，又有「投石問路」的試探。春天從來就沒有缺席過，即使不尋，它也會翩然而至。

　　但既然「試問」，就得沿著這條線探尋下去。

　　詩人不是隔著小軒窗探春，而是置身於春天的花圃，觸目所及，全是來報春的「胭脂海棠梨花雨」。春天的花色與誘人的「梨花雨」都攀上枝頭了。

　　「枝頭響黃鸝」，聽見「黃鸝」的叫聲，春天已在躍躍欲動了。

　　從「試問」到花卉到黃鸝的鳴唱，春天的行跡處處可見。

　　詩寫得舒坦，沒有曲折的思想、繁複的文字。從孫嵐的〈尋〉，我想到辛棄疾的「眾裡尋他千百度，驀然回首，那人卻在燈火闌珊處」的名句，孫嵐的〈尋〉也有異曲同工之妙。原來不知道春在何處？尋尋覓覓之中，卻看到春天在花卉上著色，那一聲黃鸝的叫聲，把春叫響了。

　　〈尋〉，古調新韻，試把原俳句作長短調處理：

　　「試問　春　行跡

　　胭脂　海棠　梨花　雨

　　枝頭　響　黃鸝」一節一拍，音樂性就出來了，春，不就是這樣的進行曲嗎？

3.沒有歸期的思
——懷鷹賞評孫嵐〈思歸期〉

昨日君遠行

雨中送別折柳枝

今夜起相思

　　思歸期，其實沒有歸期，只是思（想）而已。

　　古人以楊柳代指兩種事物。一種就是真正的塞外楊柳樹，還有一種就是折柳曲，暗示戍守邊關將士思鄉的心態。

　　折柳一詞最早出現在漢樂府〈折楊柳歌辭〉第一中。

　　「上馬不捉鞭，反折楊柳枝。」

　　後人用折柳隱晦離愁之情，也有暗示思鄉之情的。

　　李白在〈春夜洛城聞笛〉中寫道：「此夜曲中聞折柳，何人不起故園情。」王之渙也在〈涼州詞〉中說：「羌笛何須怨楊柳，春風不度玉門關。」

　　第一部詩歌總集《詩經》裡的《小雅·采薇》：「昔我往矣，楊柳依依；今我來思，雨雪霏霏。」古時柳樹又稱小楊或楊柳，因「柳」與「留」諧音，可以表示挽留之意。離別贈柳表示難分難離、不忍相別、戀戀不捨的心意。

　　「昨日君遠行」，昨日並非真正意義上的「昨日」，而是記憶深處裡的昨日。「君遠行」，去了何方，幹些什麼？俳句裡並沒有細節的交代，只是一個故事的起端。

　　「雨中送別折柳枝」，那是一個雨中送別的場景，正像古人那樣，折了一枝柳枝送給對方，又哀傷又無奈又想留住對方的複雜心緒。

　　「今夜起相思」，知道留不住，很無奈的說：「從今夜開始，我會思念你。」開頭輕輕撩撥，情愫淡然，那天你走了，從你走的那天我就開始思念你。你記得嗎？你走的那天正下著雨，雨中送別原本就傷感。我折了一段柳枝送給你，希望你留下來，但我知道那是不可能的。你走得很遠很遠，再回頭那柳枝已在雨中枯朽了。

4.連繫感情的臍帶
——懷鷹賞評孫嵐〈杜甫〉

秋風破茅屋
同理寒士心悲苦
己飢人亦飢

　　我們太熟悉杜甫，即使你摘取任何一句他的詩句，我們都仿佛見過。

　　杜甫之所以偉大，在於他為天下蒼生大聲疾呼，為人民百姓請命。他的詩不是風花雪月，而是血淋淋的現實，生活的實況。

　　看到孫嵐的俳句〈杜甫〉，就想起杜甫的〈茅屋為秋風所破歌〉。這首詩是杜甫的重要作品，也是歷代傳頌的名篇。他自己此時雖然貧病交迫，但卻時時關懷著國家的命運和人民的疾苦。茅屋即指成都杜甫草堂。

　　最著名的詩句便是「安得廣廈千萬間，大庇天下寒士俱歡顏。」怎麼才能得到千萬間寬敞高大的房子，庇覆天下間貧寒的讀書人，讓他們個個都開顏歡笑。當然，不只是寒士得到庇佑，而是概括天下蒼生。他的慈悲和祈願，感動了

千千萬萬人。

孫嵐的〈杜甫〉，不是寫杜甫本人，而是借用他的詩句延伸杜甫對統治階層的指控。

第一句是破題，「秋風破茅屋」。杜甫的原意是通過秋風破茅屋的過程，反映詩人思想感情的發展、變化。孫嵐直接表達秋風已經吹破茅屋了，住在裡頭的人怎麼辦呢？

當然，沒有怎麼辦的答案，因為「同理寒士心悲苦」。詩人想，下著大雨的秋夜，茅屋都破了，只能挨著寒風冷雨過活，而且這不只是杜甫一個人的遭遇，全天下的「寒士」都面對同樣的境況。

「己飢人亦飢」。自己面對斷炊之苦，其他人不也一樣嗎？

孫嵐並非在譴責誰，而是滿滿的同情和慨歎。她所想的其實就是杜甫所想，天下詩人不論古今，人同此心，心同此理；悲天憫人是詩人最可寶貴的元素。

孫嵐的回應：

老師，謝謝您的詩評。確實，要用17個字表達杜甫史觀，實在有點困難。我想了半天，他之所以被稱為詩聖，詩史，就在於他的詩寫出了那個時代的興與衰；也寫出了詩人

悲天憫人的情懷。他看到了酒肉臭的朱門豪奢，貪官污吏；同時也看到了凍死骨的路邊慘狀，民間疾苦。當然，他自己晚年的生活也沒太好，貧病交加。於是，他想到了天下的蒼生，「安得廣廈千萬間」。對於一介書生，太難！但是，他的心已經裝滿了廣廈啊！令人感動。所以，我以他的〈茅屋為秋風所破歌〉這首詩為發想點，寫出他之所以是詩聖，就在於他的善良，他的同理心。我想這才是真正的讀書人。再次感謝老師，太開心了。

5.春天的美好
——懷鷹賞評蔡献英〈煙雨〉

春到杏花溪

桃紅李白映翠堤

泛一舟煙雨

　　查過資料，中國並沒有杏花溪這個地方，這個名字好美，予人想像的空間。

　　但1956年，姚敏就根據司徒明所作的詞譜寫了〈杏花溪之戀〉這首歌。「我們倆相愛在杏花溪，朝朝暮暮常相依。葉綠花紅垂柳搖曳，黃鶯兒枝上雙棲。」真夠纏綿。其實，中國有杏花村，古時的杏花村方圓大約有十里。景象非常壯觀的杏花村以杏花村舊址為基礎，形成了環繞景區的8字形陸上和十里杏花溪水上兩條觀光線，打造了北村口紅牆照壁、問酒驛、唐茶村落、十里橋、梅洲曉雪、窺園、雲泉矽藻泥憩園、百杏園等多處重要景點。

　　「春到杏花溪」開帖第一句便直接點明，春天已到了杏花溪，這該是一個令人欣喜的季節。想來這是一條以杏花為主題的小溪。兩岸的杏花都開了，甚是熱鬧。花香和溪水一

樣流動，生命之泉汩汩暢流。

　　春天的精緻是如何的呢？「桃紅李白映翠堤」。不只是杏花開了，桃花和李子也都來報到了。一時間，各種各樣的的瓜果菜蔬和花卉都開了，好一個熱鬧非凡的世界

　　人呢？如何參與其盛？「泛一舟煙雨」。最閒暇愜意的，莫過於泛舟杏花溪，在濛濛的煙雨中盡情享受大自然賜予的美好時光。

　　此帖信手拈來，自然伏貼，令人感受春天的美好與生命的對流。

6.看盡天涯路
——懷鷹賞評蔡献英〈感懷〉

夕陽秋山盡

寵辱去留本無心

得失若浮雲

　　献英的這首俳句，寫得很冷靜而開闊。人生有如夕陽裡的秋山，夕陽望盡秋山，又能看到什麼呢？其實什麼都沒有。

　　寵辱之間不是一條平行線，人生是戲劇性的，有寵就有辱，「得失若浮雲」。潮起潮落，一切了無痕跡，故而「去留本無心」。得寵時不要高興，受辱時也不必沮喪。繁華若夢，又豈是有心人築夢的桃花源？

　　一切的寵辱，一切的得失，都繫於一念之間，如浮雲輕飄掠過，還是夕陽落落大方，看盡天涯路，不說一個字。

7.何人夜不寐
——懷鷹賞評蔡献英〈雨夜花〉

夜雨蕭瑟聲

三更不寐對孤燈

心憐滿地紅

　　我彷彿記得〈雨夜花〉是一首臺灣民謠。

　　歌曲哀怨，歎滿地落紅的無奈。

　　献英的〈雨夜花〉，同樣有這個曲調。

　　「夜雨蕭瑟聲」，蕭索的聲音不僅來自夜雨，也包括在夜雨中瑟瑟發抖的小昆蟲的叫聲，雨聲和昆蟲結合在一起，更顯出雨夜的凄清。

　　「三更不寐對孤燈」。三更，已是半夜了，詩人不寫人為何不寐？只用「對孤燈」就點出人在這雨夜裡無法就寐的苦楚。

　　為何不寐呢？原來是：「心憐滿地紅」。那是詩人的隱憂和關切，想來，一夜風雨，該添多少花魂？但，多少人去憐惜這曾經是滿地紅的花？

　　整首俳句寫得凄清、凄冷、凄迷。

8.琴聲夢斷的聽雨
——懷鷹賞評蔡献英〈聽雨〉

夜半梧桐雨

琴聲夢斷陽關曲

傷情訴別離

注：古來「梧桐雨」便是詩人描繪離情的寄託。如「梧桐樹，三更雨，不
　　道離情正苦。一葉葉，一聲聲，空階滴到明」—唐‧溫庭筠〈更漏
　　子‧玉爐香〉。

　　「聽雨」，是比較高雅的說法。實際上，這雨已換化為
梧桐雨、陽關曲。不管怎麼幻化，最終都為了「訴別離」。

　　時間是夜半，梧桐和雨結合在一起，聽來有點悱惻，梧
桐雨本身已是個催人淚下的雨聲。「琴聲夢斷陽關曲」。在
那麼淒冷的半夜，誰在哪兒撫琴清唱；唱的是陽關曲。

　　靜夜，梧桐雨。琴聲、夢斷，已構築出一個悲劇氛圍。
即便有夢，恐怕那夢魂已斷，進一步將悲劇氛圍凝聚起來。

　　「傷情訴別離」。傷情是無可逃遁的，欲與誰說？恐怕
說來說去都是一種別離之情。

　　短短十七個字，將歷史典故，唐詩精華，借琴聲和夢斷

交叉的陽關曲，把那種難捨難分的陽關曲唱得委婉動聽，滲
透進人的靈肉。

9.化平庸為巧詩
——懷鷹賞評晚風〈浪〉

岸邊苦徘徊

沙啞謳歌無晝夜

頻獻海上花

　　浪，具有可感的形象，又有滲透心情的涵義，可以擬人、擬物，可以意象化，可以形而上，切入點可以讓浪更加鮮活，更具有動感。

　　晚風的〈浪〉在擬人化的同時，作了適當的情感的轉移。「岸邊苦徘徊」是一個暗示句，也容易使讀者產生「誤讀」的印象，以為苦徘徊的是人。實際上，人與物（浪）合而為一，契合浪的形態和人的心情映襯。首句有先聲奪人的氣勢，作者一步步引領讀者進入「迷霧」中。「沙啞謳歌無晝夜」，那是一種極度疲憊，任勞任怨的奉獻，不單單是浪的本質，也是某種群體的真實寫照。

　　「沙啞謳歌」為哪樁？原來是「頻獻海上花」。詩到這裡，你才訝然失笑，之前的苦徘徊、沙啞謳歌、不分晝夜的操勞，全是為了「頻獻海上花」。浪的底蘊凸顯出來了，故

布疑陣的目的，全為了那一朵晶瑩的浪花，這浪花是「沙啞謳歌」的結晶。較好地把人的特質、形象和奉獻寫得飽滿。

詩並不深奧，只在一個「變」字；變得巧，可以化平庸為巧詩。

10.雲也要參禪
——懷鷹賞評德清〈青山〉

偶爾雲來探

松風吟嘯鳥呢喃

山靜似參禪

　　雲是每時每刻都來探訪的，只是那天比較特別。特別之處在於，詩人的視角。

　　詩人寫山，其意不在山，而是在禪意。

　　山靜，但這靜是靜凝的、銅鑄的、銀色的靜，是在參禪的狀態的靜。

　　雲來探訪青山，為了什麼呢？難道雲也要參禪？對漂泊不定的雲來說，何其難以哉。

　　青山其實並非全靜，還有「松風吟嘯鳥呢喃」，這一些「雜音」其實都是青山的一部分，只是表現的方式不一樣，與山的靜形成一個強烈的對比。

　　青山既然靜了，松風何能不靜？鳥的呢喃也能成為靜音。

　　雲偶然路過，感受到這一幅奇麗的景象，於是漂泊的雲找到停泊的港灣。

雲也要參禪了。

整個空間都在參禪，唯獨我們那一顆心，仍在漂泊。

德清的回應：

雲也要參禪，老師的妙悟為這首俳句增添了不少活潑的氣息與想像空間。誠如老師所說，松風、鳥鳴，乃至路過的雲都是山的一部份，藉由它們更能彰顯出青山那靜中含動、動中含靜，動靜渾然一體的本色。「整個空間都在參禪，唯獨我們那一顆心，仍在漂泊。」這段詮釋回叩到我們的生命處境，頗有醍醐灌頂、喚醒人心的力量。謝謝老師為俳句的意境作了生動的描繪與延伸，十分感恩！

11.開在心間的白鶴靈芝
——懷鷹賞評德清〈白鶴靈芝〉

臨風數朵開

清影綽約似鶴來

隱隱仙姿白

　　白鶴靈芝Rhina canthus nasus (L.)Lindau為爵床科植物。具有潤肺降火、殺蟲止癢的功能。主治肺結核、腎炎水腫、體癬、濕疹。主產於廣西、廣東、雲南等省（區）。

　　灌木，高1-2米。葉對生，卵形、橢圓形或長圓披針形，有短柄。花單生或2-3朵排成小聚傘花序，花冠管延長，2唇形，白色。蒴果長橢圓形，種子4枚或少數。

　　野生於丘陵或平原荒地、路邊、河旁等處。喜溫暖、濕潤的環境。冬季如遇霜凍，葉片枯萎脫落。對土壤要求不嚴，一般土壤均能種植。忌積水。

　　本文不在探討白鶴靈芝的由來以及生長狀況，而是希望在正文開始之前，先讓大家有個認識。

　　德清說：「臨風數朵開」，我想的確如此。只要有風，它就能臨風而開。而且花色純白，像翩翩而立的白鶴。姿態

何其神定氣閑,不管周圍環境如何惡劣,它都能安然度過。我想,這正是白鶴靈芝的性格。

　　白鶴是一種大型的水鳥,靈芝是一種中藥,兩者結合起來,又能觀賞又具有療效(精神上的療效)。當它(白鶴靈芝)盛開時,「清影綽約似鶴來」,幻化成了白鶴。尤其是當風旋舞時,「隱隱仙姿白」,可以看到它變成了一隻隻仙鶴,翩翩起舞。

　　德清的這首俳句,不賣弄花巧,可以說是渾然天成,很自然伏貼,讓人心生歡喜,彷彿那一朵朵白鶴靈芝就開在心間。

12.歲月無聲無息中消失
——懷鷹賞評德清〈賞畫〉

心隨古畫入

與東坡泛舟對晤

聽歲月搖櫓

　　我們在欣賞畫作時，經常會被畫裡的線條、顏色所吸引，成為畫中人之一。

　　這幅畫裡有東坡在泛舟，漾起了微波，讓周圍充滿一種曼妙的詩情畫意。而作者進入畫作，與東坡「泛舟對晤」。兩人的談話內容不是重點，而是那種心靈的交流，也許涵蓋人生的溫飽；戰爭造成災黎遍野；也可能談到目前肆虐全球的新冠病毒……等等。但我相信兩人都是從事文學創作的大師級的人馬，話題應集中在文學這方面。

　　不知不覺，夜深了。

　　不知不覺，東方現出魚肚白。

　　「聽歲月搖櫓」。好神奇的一筆，全俳的核心就在此，不必交代或解釋什麼，時間了無痕跡的度過。一切那麼坦蕩，一切那麼風輕雲淡、灑脫。

　　很喜歡這樣的結尾，令人感覺眼前豁然開朗起來。

13.黑白是一對孿生兄弟
——懷鷹賞評德清〈黑白〉

日月交相疊

漫長黑夜晨曦接

何處是分野

　　這首俳句給我的感受很深刻，讀來朗朗上口。

　　題目〈黑白〉，令人想起圍棋世界的黑白子，一攻一防，攻城掠池，各自圍城築堤。但德清的〈黑白〉不是在講圍棋藝術，而是大宇宙的運行現象。黑白真正的「分野」是強烈而鮮明的，它是地球自轉所形成的天象。從另一個角度看，黑即白，白即黑，黑白從來不分家。

　　詩人不也說：「日月交相疊」，日即白，月即黑（月在晚上出來），日月交相疊就產生了黑白交替，互換角色。

　　緊接著，「漫長黑夜晨曦接」，漫長的黑夜過了，又是晨曦來接班，日復一日，從不間斷或歇息，所以，詩人迷惘地說：「何處是分野」？

　　黑夜是一部齒輪，白天也是一部齒輪，彼此撕咬、糾纏，互相依存、滾動，滾到臨界點，黑夜變白天，白天變黑

夜。但你無法分出是黑夜侵佔了白天,還是白天滲透黑夜,它們就像一對孿生兄弟,一轉身是黑,一轉身是白。

黑白總是悄無聲息的互換角色,有如一滴墨滴入水,慢慢融化、整合。

整首俳句寫得淺顯,不經雕琢或造字煉句,一切都很自然伏貼。

人的本性有時也是如此,非黑非白,看不出它們的底線和「分野」,這就足以讓我們深思了。

如果我們能按照大宇宙的規律,該黑時黑,該白時白,那就是真實的人生!黑,並非是昧著良知;白,不是淺薄得像白紙。黑裡頭有蘊藏的厚實的能量,那是正能量;白是光明磊落,坦蕩蕩。但,人總是迷惑迷糊的,有時黑白不分,或一根棍子捅到底,把人二元化,該黑的時候變白紙,該白的時候變黑墨,以至於不黑不白,躲躲閃閃,那就跟造物主的原意大相徑庭了。

這是我讀了德清的〈黑白〉之後引發的思考,說錯的對方請多鑒諒。

孫嵐的回應：

讚嘆老師的分享，我相信德清詩友這首俳句表面上說日夜宇宙運行現象，但是內裡還是如老師分析的「大道運行，天理即是人性」。謝謝老師和詩人分享。

懷鷹：大道運行，萬物都在這個軌道上運轉，承受日月星辰的能量。大道的核心就是運行，我們逃不過這個運行所帶來的影響，但只要順應大道（天道），能活得有個性。

德清的回應：

老師的評賞既深刻、又精彩，讓人讚嘆不已。有感於人間許多現象、事理的界線，往往微細模糊，不容易有明確的標準或分野，因此寫了這首俳句。老師從天道運行、人類本性的層面來闡述，讓作品的意涵更見廣大深細，為小詩增添了許多光彩。文中提到「黑裡頭有蘊藏的厚實的能量」，一般人總認為「白」才具有光明正面的意義，老師這獨到又富於哲理的觀點，特別令人眼睛一亮，也帶來進一步的思考空間，十分感恩；並致上深深的祝福，願老師身體安康！

懷鷹：俳句必須拓展空間，才能脫穎而出，擁有自己的色彩，就這點來看，你的俳句已經擺脫別人的影子，文字雖然淺白，思想底蘊並不淺。

南橋思的回應：

作者感嘆黑白何處是分野，正說明人生有白有黑，方是
圓滿。黑夜裡等待晨曦法喜，光明裡蘊涵夜色省思，皆是生
命動能。

懷鷹：你從這個最根本的哲思切入，具有普世意義。

14.詩與畫一體
——懷鷹賞評德清〈賞畫〉

心隨古畫入

與東坡泛舟對晤

聽歲月搖櫓

　　賞畫跟賞詩一樣，屬於藝術思維活動。雖然都是平面的版本，卻有聲音和動感。

　　詩中有畫，畫中有詩，詩與畫一體。我們從詩裡看到東坡，並且與之「對晤」，暢談古今事。

　　這是想像的畫面，跨越時空。「賞畫」賞出開闊的時空。

　　「聽歲月搖櫓」，最精彩的就在這一句。「心隨古畫入」的瞬間，東坡從畫裡下來，與詩人泛舟，歲月正在搖櫓，從上古搖到今時。

　　悠悠歲月，就在這「無聲」的櫓聲裡款擺過去，水波不斷的延伸，沒有岸。

　　這一聲歲月的搖櫓，把我們心裡的情弦撥動。

　　悠悠然，人間多少興盛、悲歡全都在水波裡化為無形……。

蔡献英的回帖：

「行家一出手，便知有沒有」一詩人德清這帖俳句〈賞畫〉，經過懷鷹老師一番點評之下，可以說是纖毫畢現，幽微盡顯。感謝懷鷹老師給了我們一個欣賞「俳句」的門道。詩人這帖〈賞畫〉風格獨特，是古典與現代的結合，因此，這帖俳句的誦讀，也跟古典俳句不同，（古典俳句的一、三行，等同五言詩，第二行等同七言詩）。但是詩人這帖俳句的讀法（斷句）如下：

第一行

心隨、古畫入

第二行

與東坡、泛舟對晤

第三行

聽、歲月、搖櫓

詩人大膽嘗試用混合式的格調來詮釋「俳句」，非但不覺違和，反而更能凸顯「俳句」的靈活不拘，揮灑自如。

這帖俳句另外有個特色就是「三行全韻」，也就是一，二，三行的最後一個字「入、晤、櫓」都能押韻（姑蘇韻）。因此，誦讀之下如行雲流水，若琴聲悠揚，很容易就

能朗朗上口。

　　最後值得一提的是，這帖俳句，是「情境、意境、禪境」三境俱足的俳句，從懷鷹老師的解析中，就可得到驗證。

Mui Khim Heng的回應：

　　看了兩位寫的讀法，我讀後有點想法。讀蔡献英的「與東坡、泛舟對晤」，感覺好像是河流中詩人與東坡同時在泛舟，各自泛舟後對晤。

　　讀懷鷹的「與東坡泛舟、對晤」，感覺是同在一起泛舟後對晤，應該是同在這條舟上見面。

　　兩種讀法，各有巧妙。

孫嵐的回應：

　　詩與詩評都是上乘，給N個讚。有詞牌〈臨江仙〉的表面文字意境（詞牌只表示是詞的調子）。

　　但這詩與詩評，彷彿看到兩位仙人和東坡小舟夜飲，聽江聲！

　　江聲悠然，秋蟬撩人，東坡亦醉，我亦陶然。

15.人在山色湖光中
——懷鷹賞評德清〈攬勝〉

山色輕流淌

岸邊閒坐飲湖光

秘境尋幽芳

　　德清的〈攬勝〉雖然觸及大自然景觀，但作者非為景觀點染，而是通過景色描寫，反襯內心的感受和體悟。

　　從這首俳句裡，我們看到作者那種靈性的呼喚，與世無爭完全投入在景色裡的性情。世界的繁華只是過眼雲煙，眼前的美景亦然。但心思可以跨越人世的束縛，達到一種情景交融的境地，沒有美景的陪襯，心情無所寄。

　　「山色輕流淌」，在詩人眼中看來，凝重的山色在湖深的倒映下，隨著浪濤的湧動而輕輕流淌。一方面凸顯詩人的所在位置，有山色也有湖光，是一個「岸邊閒坐飲湖光」的休閒場所。另一方面是放任自己的心情隨著流水「輕流淌」，把心情同周邊的景色結合起來，整個畫面變得輕飄起來。

　　有了第一句的鋪墊，「岸邊閒坐飲湖光」就很自然。這個環境無須去思考什麼，只要靜靜地坐在岸邊，把湖光山色

攬入懷，人生當浮一大白。

　　對詩人來說，眼前這一塊無異是「秘境」，是平常人無法領略和感受的聖地；而詩人來此的目的，是為了「尋幽芳」，這也是一種心靈的慰藉。

　　全俳一氣呵成，從景入情，不著痕跡，很自然勾勒出一種與天地同在的那種微妙的「秘境」。

16.人生三變
——懷鷹賞評依凌〈早春〉

紅梅陌上笑

青苔片片柳枝搖

夕陽西下照

雖然是「早春」，可我讀出「黃昏」的味兒。

它象徵人生的最後階段，只不過用「早春」來襯托。

「紅梅陌上笑」展示青春活躍的階段，人的精神狀態如同陌上傲笑的紅梅，有多少熱量就盡情燃燒。

「青苔片片柳枝搖」，顯示時間的漫長、久遠，這是一個蛻變的過程。從紅梅到柳枝搖，外形的變化則是時間的磨礪造成。

「夕陽西下照」，這也是人生必經之路，這樣的理念，如果用一般的詩文來表現，也許可以寫成長篇大論，但詩人採用象徵式的語言。紅梅、柳枝、夕陽等營造出俳句的心情、情境。用短短的十七個字，形象地寫出人的一生，從盛到衰的過程，那確實是很不容易。由此可見，俳句的容量不比一般的詩歌小。

17.浪漫之中見真情
——懷鷹賞評依凌〈戲水〉

月圓銀色照

石灘赤腳踏浪花

斗星頭上掛

　　依凌的〈戲水〉寫得很自然伏貼，誰在「戲水」呢？

　　「月圓銀色照」，那是十五的夜晚，月圓了，銀色的光把周圍裝飾成粉樣的世界。第一句是個引子，把我們接引入詩人所設的氛圍裡，去感受那銀色世界的美妙。

　　「石灘赤腳踏浪花」，一個人，赤著腳，在石灘上漫步，尋覓著什麼。只是踏浪而行，什麼都不做，那意境卻也出奇的靜而美。

　　「斗星頭上掛」，偶爾抬頭看看天上，星斗正掛在頭上，這偶然的一瞥，把我們帶入非常靜謐的境地。這一瞥，沒有什麼奧秘之處，也沒有驚世駭俗之筆，或細膩如髮絲的筆觸。但吸引人讀下去，原因在於靜中寓動，浪漫之中見真情。

18.獨處一隅的綠
——懷鷹賞評露兒〈夏之戀〉

穹空灑艷雲

水汎粼波耀葉俊

芳草獨自綠

　　夏天的戀情是如何來的呢？一年四季中，最熱情的就是夏季。

　　天空本就萬里無雲，卻忽然灑下「艷雲」，那是火紅的雲，心裡的情愫已顯露無遺。

　　跟著，「水汎粼波耀葉俊」，汎與泛同義，水汎是形容水多，浩瀚，而呈現漫遊的狀態，但葉子卻長得很俊秀。

　　然而，最綠的不是葉子，而是無人欣賞的綠草。

　　「芳草獨自綠」，綠草太平凡了，而且長在水邊，誰會去看一眼呢？可是它的內涵就在於渾身的綠，造就水汎的壯觀和俊俏的葉子。它的綠是獨處一隅，默默奉獻最美的綠。

19.俏也不爭春
——懷鷹賞評張威龍〈梅〉

傲骨潔似雪

絕與百妍苦爭春

花落謝知音

　　雪因為潔白無瑕，常被文人雅士用來形容一個人品行，如蘇軾在〈和子由澠池懷舊〉中所寫「人生到處知何似，應似飛鴻踏雪泥。泥上偶然留指爪，鴻飛那復計東西。」

　　此詩表達對人生來去無定的悵惘和往事舊跡的深情眷念。上面所舉的是這首詩開頭兩句，意思是說，人的一生到處奔走像什麼呢？應該像飛鴻踏在雪地吧。

　　偶爾在雪地上留下幾個爪印，但轉眼它又遠走高飛，哪還記得這痕跡留在何方？

　　「傲骨潔似雪」，傲骨是文人雅士的一種品質，它有別於市井小民的流俗習氣，或沽名釣譽者的表演。大畫家徐悲鴻說過：「人不可有傲氣，但不可無傲骨。」可見在徐悲鴻眼裡，傲骨已成為骨子裡的「傲氣」。

　　在威龍筆下，傲骨像雪一樣潔白凝結成天地間一股浩浩

正氣。

　「絕與百妍苦爭春」，百妍，百花也。當代詞人在〈卜算子‧詠梅〉中寫道：「俏也不爭春，只把春來報」。塑造了梅花俊朗堅韌不拔的形象，「待到山花爛漫時，她在叢中笑」。梅花是高潔的象徵，一個人如果能像梅花一樣活著，那就能體現梅花的花骨（傲骨）。

　「花落謝知音」，花開花落，是自然程式，世間難得賞花人，知音人。花開最終會花落，大自然的鐵律是無從阻擋的，但只要有知音人來賞花，不管是花開還是花落，對花本身就是一種讚賞。雖然花開花落跟傲骨沒什麼關連，但對「梅」來說，這正是她的可愛之處。

20.在哪兒下釣？
——懷鷹賞評張威龍〈釣叟〉

逐萬里煙波

紅塵是非懶得說

江海下魚鉤

　　我不曉得威龍筆下的「釣叟」隱喻自己還是指代他人？

　　如果是隱喻自己，這一生可真忙透了。「逐萬里煙波」，萬里煙波太浩淼，窮一生也沒辦法摸得透，畢竟那是更大更深的紅塵。

　　既是紅塵，難免有人為的是非，如果整天為這些是非憂愁憂思，人很快淹沒在負能量裡。到頭來，兩袖清風。人到了那種境界，猶如生活在地獄邊沿。只要開口，不管是誰，是非自然口進口出。

　　還是「釣叟」聰明，在波濤洶湧的大海自由下釣，無拘無束，日子過得清心。人間的是是非非，管它娘，好一個「懶得說」啊。

　　他要釣什麼呢？名利？金錢？寶劍美人？

　　他要釣的，也許就是那輕輕飄飄的雲；或太陽不小心掉

在水裡的金芒；或自己若浮雲的靈魂。

　　既寫他人，也寫自己，通過這小小的動作，讓自己遠離紅塵，做個明白人。

21.傲立天地間
──懷鷹賞評江圖〈心境〉

鏡照影不疲

清澈水流無畏風

高遠立如峯

　　多少人能時常攬鏡自照？女性比較細心、耐心，可以從鏡裡的影像發現「新大陸」，大部分的男性卻只是匆匆一瞥。

　　照鏡子的是人，當然也把影子照進去。人如果疲勞，鏡子可知端倪，鏡裡影子無知無感，不管主人遭遇什麼，它都默然不語。

　　難道影子真的那麼無情嗎？非也。

　　它跟著主人一生一世，如果主人的心性是清澈的水流，影子也是。但我們都是生活在紅塵裡，流言蜚語，紛紛擾擾，不會影響它存在的價值。

　　「高遠立如峯」，那是一個豁達、坦蕩的心境，傲立天地間，一如峰巒巍峨。

　　從鏡子裡看到影子，從中可看到人與影子的關係，人在紅塵中的定位，人的價值取向，心境一片明澈，看山是山，看水是水。

22.輕笑自如的〈暮情〉
──懷鷹賞評南橋思〈暮情〉

時光催人老

回首白雲多自笑

心閒一切好

　　日落時分叫暮，經常有人把人生的最後階段用暮年來形容，語多悲愴。

　　南橋思寫的〈暮情〉，當然也是針對暮年，暮年的心情、情感。但不是帶著悲愴、無可奈何的情緒，反而是淡淡的，一切安於天命的心態。這樣的心態無疑是具有普世價值。

　　「時光催人老」第一句寫得很清楚，無須多加解析，一目了然。

　　「回首白雲多自笑」，人老時剩下的就是回憶，有回憶的人，不管回憶是苦是甜，不管那是什麼，總帶給人一種懷念。如果回憶像白雲，白雲也會付之一笑，一切都是過眼雲煙，還有什麼記掛在心間？

　　「心閒一切好」，最後橋思總結說，心閒了，什麼都不記恨，不管是好的壞的，如意與否都已不重要。只要心閒

下來，一切都是好的。這樣的總結是豁達、輕淡、輕笑自如的。剩餘的時光別消耗在無邊無際的人事糾紛，要像白雲那樣的悠悠蕩蕩，人生還有什麼過不了的坎？

23.渾然天成的俳句
——懷鷹賞評南橋思〈暮情〉

時光催人老

回首白雲多自笑

心聞一切好

　　南橋思的〈暮情〉，有楊萬里的恢趣，渾然天成的風
格，一切都寫得清清淡淡，看似信手拈來，卻有層層推進的
氣勢。
　　「時光催人老」。
　　這是一句人人都懂的句子，用不著解釋。你也許會說，
這像詩嗎？當然，如果把它從俳句中抽出來，不能說是詩。
但，它卻是啟後的前奏。
　　「回首白雲多自笑」。
　　回首前塵，多是傷痛和無奈的往事，沒有一個人例外。
我們都得接受時光的洗禮，不管你懷抱什麼樣的想法，一切
的一切，都像白雲蒼狗飄逝而過，留不下什麼痕跡。還是人
「白雲多自笑」吧！那就灑脫得多。管它什麼世事難料，黑
白難分，只要像白雲那樣一笑置之就行了。

「心閒一切好」。

這是非常豁達的心態，我們並不意追求什麼，到頭來依然是一場空。不如學那白雲，一笑當中心也安閒下來。

24.梧桐樹下的咖啡香
——懷鷹賞評心潔〈折射〉

杯中的餘暉

醉成一樹梧桐影

滿溢咖啡香

注：我喜歡梧桐樹，在赤道一帶，沒有梧桐樹，因此從小就沒見過梧桐樹。對梧桐樹的第一個印象，是在小時候閱讀中國作家的小說中讀到梧桐樹，才對梧桐樹有了一個模糊的印象與遐想。一直到了2011年首次抵達神州大地的中國上海，才親眼目睹高大挺拔的梧桐樹。一眼見到梧桐樹那一霎那，有如一見如故般，滿心歡喜。

這首俳句描寫當時在上海的時候，擁抱一個下午時光，沉浸在咖啡香中。此刻，太陽斜照大地，穿透過杯子而形成的折射，隱隱約約地只見地上一樹的梧桐影。

　　心潔說她2011年去上海時，首次見到梧桐樹。這首俳句是回憶當時在梧桐樹下喝咖啡的情景。

　　她喝咖啡的場所，旁邊就有一棵梧桐樹，夕陽的餘暉倒影在杯子裡，那是一個充滿浪漫氛圍的時光。在梧桐樹下喝咖啡，邊與人暢談，如此良辰美景，人生實不多見。

　　話題多了，加上夕陽助興，不喝酒也醉了。

「醉成一樹梧桐影」。

這有點魔幻的感覺。

恍惚中，人也成了梧桐影，與周圍的環境融成一體。

最令心潔緬懷的，是那滿滿的咖啡香。

其實，任何地方的咖啡，都是大同小異，梧桐樹下的咖啡，不只是咖啡而已，它還融合了鄉情，跨越時空，仍有揮之不去的咖啡香，一切全折射在回憶裡。地點的折射；人與梧桐樹的折射。我彷彿聞到一股濃郁的咖啡香飄蕩在空間，那也是一種「折射」。

25.充滿陽光和童趣的童俳
——懷鷹賞評童仙兒〈頑皮月亮〉

月亮光溜溜

愛爬坡來喜上樹

媽媽降不住

　　童仙兒是寫童詩起家的，改用童詩寫俳句，常有另外的驚喜。

　　如這首題為〈頑皮月亮〉，一般上，詩人都把月亮美化，但在童仙兒眼中，月亮固然擬人化，但與一般的寫法不一樣。也許童仙兒寫慣了童詩，很自然就把那種童趣帶進去「月亮光溜溜」。

　　這令人想起鄉下那些「野孩子」，不穿褲子的純真。緊接著下一句：「愛爬坡來喜上樹」，不僅寫「野孩子」的愛鬧，基本也符合月亮的特性。只不過把「野孩子」的動作給了月亮去完成。

　　「媽媽降不住」。

　　月亮的媽媽是誰呢？月亮婆婆也，媽媽和婆婆統合在一起。

　　詩歌寫得很輕快，頑皮月亮的形象呼之欲出。

　　童仙兒的童俳充滿陽光，令人會心一笑。文字樸實，不賣弄花巧。詩中充滿兒童的遐想和奇趣，可以說是獨樹一幟，寫出自己的風格。

26.逃走的究竟是什麼？
——懷鷹賞評南風〈逃遁〉

逃遁的午後

流光偷走了時光

白鷺立泥灘

    很有意思的一首俳句。

    題目是〈逃遁〉，誰要逃遁？逃去哪兒？

    作者跟我們玩捉迷藏，但有一個很嚴肅的謎語在裡面：逃遁的不一定是實實在在的物體，也可能是很抽象的東西。說「東西」也不妥當，因為它不是摸得著看得見的「東西」，而是一種哲學的思考。

    「逃遁的午後」。

    第一句很正常，午後之前的時光已不存在，當作它逃走了亦無妨。

    「流光偷走了時光」。

    這裡沒提到「逃」這個字眼，以「偷走」來指代「逃」，這是一個無聲的巧妙的過渡。流光和時光雖然都是光速，但意義大不同。流光大多數時候是指流動、閃爍的光。只有在

極少的時候才指如流水般逝去的時光；而時光就是指時間，偏向於以往的時間。這一句「流光偷走了時光」，整個意思就是流動的時間代替了以往的時間。雖然看不見時間的流動，但可以感覺時間悄逝的流程。

唯一不變的是「白鷺立泥灘」，這是整個「逃」的焦點所在，也是「逃」的背景。

時間儘管過去了很久，但泥灘上的白鷺依然站在那兒。它站了多久？沒人知曉？時間對它似乎沒有意義，整個生命的存在，值得我們去思考。

27.人皮與衣物的關係
——懷鷹賞評莉倢〈衣櫥〉

入牆式衣櫃

擱淺的春夏秋冬

掛滿皮千層

　　每個人家裡都有衣櫃，有的是共用空間，有的是私人擁有。不管是共用還是私人的，藏在裡頭的是琳琅滿目的衣物，各種各樣顏色、設計、線條都不一樣，從中可以發現一個人的心情和性格、興趣所在。

　　「入牆式衣櫃」。

　　那是鑲嵌在牆內的衣櫃，比較不浪費空間。

　　「擱淺的春夏秋冬」。

　　這句好理解，春夏秋冬是一年，作者用春夏秋冬來代替，比較有詩意。

　　最有意思的是這句：「掛滿皮千層」。

　　這是精心構思的詩句，除了具有象徵意味，還突出衣櫃的層次感。那不僅僅是收藏衣物的地方，還是人皮的展覽館。人皮與衣物的關係由此可見。

　　作者是懂得寫俳句的高手。

28.無奈之中的悲愴
——懷鷹賞評陳麗玫〈想家〉

遠方夕陽紅

斜照斑白瘦老翁

鄉愁託飛鴻

想家,其實是一種鄉愁。

離家越遠、越久,想家的念頭越熾烈。

「遠方夕陽紅」,當作者遙望夕陽下的天空,紅日正在做最後的掙扎,此情此景,最是勾起人的思念之情。尤其是離家已遠,不知何時才能踏上故土的「老翁」,更是如此。

「斜照斑白瘦老翁」,這夕陽紅的餘暉斜照在那位白髮斑斑瘦弱的老翁身上,增添了一絲悲愴的味道。故土啊,什麼時候才能回去呢?

「鄉愁託飛鴻」,他一遍又一遍的呼喚,可是回答他的,是濤濤的海浪;逐漸暗淡的天色,他只能把心中最深的思念和祝福托飛鳥帶回。

於無奈之中夾帶一絲悲愴。

29.和諧靜好的環境
——懷鷹賞評李佩芳〈慵懶〉

遠眺依窗前

向晚鷗鷺覓濕田

西風帶柳弦

　　作者這首俳句雖是應景之作，想必醞釀許久。窗外的景色大體上沒什麼變化，除了早晚和風雨天。

　　「遠眺依窗前」，作者採取的是遠鏡頭，是從視窗這個小小的框望出去的景色，作者看到了什麼呢？

　　「向晚鷗鷺覓濕田」，時間接近傍晚，飛來了海鷗和鷺鷥，它們正在覓濕田，這裡才是提供糧食的地方。鷗鷺是從海上飛來的，急切的叫聲響徹雲空。

　　「西風帶柳弦」，最精彩的就是這一句。柳弦——柳樹所發出來的弦音。也許沒有柳樹，是由西風帶來的。

　　整個環境是和諧靜好的，使人不得不「慵懶」起來。

30.醍醐灌頂的效果
——懷鷹賞評冰秀〈禁堂食〉

五月禁堂食

車輛稀疏人跡少

烏鴉鳴空枝

　　這個題目一看就知道是跟疫情有關。

　　那是去年的五月份（2021年），那時的疫情沒這麼嚴重，不像現在，每天都有超過萬人染疫。據有關部門說，這是要與病毒共存。設想，如果每個人都染疫，每個人體內都有抗體，病毒就不能危害人類，這是哪門子的邏輯？

　　禁堂食是積極的做法，能在一定的氛圍遏制病毒的傳播。正如作者所看到的，在禁堂食期間，「車輛稀疏人跡少」。新加坡似乎在一夜之間就變成「死城」，這是可以預料的結果。

　　病毒肆虐期間，不僅人的生活受到了影響，連鳥類（如烏鴉）也受牽連。城市裡的烏鴉不同于森林山野的烏鴉，它們的食物鏈是跟人類的日常作息有很大的關連。可以說，沒有人類就沒有它們的食糧。

「烏鴉鳴空枝」，反映的就是這種「慘狀」──最後一句有醍醐灌頂的效果。沒有這一句，整首俳句就失去重心。

31.沿著兒時夢的軌跡飛
──懷鷹賞評楊敏〈雨後〉

雨後天晴朗

七彩綢緞臥長空

雲裏倦鳥飛

　　彩虹（作者稱之為七彩綢緞），總在雨後出現，尤其是傍晚時分。經過風雨的洗滌，天空比平時來得素淨、開豁。

　　小孩不明白，為何長空會出現一座七彩綢緞織成的橋，會留下難以磨滅的印象，甚至在夢裡出現，橫跨時空。

　　對遊子來說，彩虹的這端是家鄉，那端是他鄉。無論是家鄉還是他鄉，都由這道七彩綢緞連接。但去鄉一久，心裡總會有一絲倦意。「雲裏倦鳥飛」，沒有方向，也沒有目的地。

　　飛吧，飛吧，倦鳥，只要你沿著兒時的夢的軌跡飛，肯定能從橋的這端飛到那端，飛到母親土地的懷抱。

32.故土夢遙遙
——懷鷹賞評潘佳營〈故土〉

寒風中漫步
遙想赤道的故土
心暖如火爐

所謂故土，指的是土生土長的地方，意即故鄉。

蕭乾在《一本褪色的相冊‧美國點滴》中說：「改了國籍，不等於就改了民族感情；而且沒有一個民族像我們這麼依戀故土的。」

可見故土與作家詩人的感情是那麼的親密，可以說，遠離在外的遊子沒有故土是概念，等於失去土地和民族的根。

潘佳營是新加坡人，但學業有成後，就離開了新加坡。至於為何選擇外地作為安身立命之所？我們不得而知。但從他發表過的一些文章來看，他內心充滿惆悵和無奈；新加坡已成為他永世難忘的「故土」。

「寒風中漫步」，潘佳營「移民」之地是天寒地凍的西方世界，從第一句俳句可知此時是冬天，但思鄉的念頭卻促使他不顧寒冷，在寒風中漫步，是在欣賞雪景嗎？

「遙想赤道的故土」，在凜冽的寒風吹刮中，想起遙遠的，位於赤道邊沿的故土，此時的心情跟風雪一樣，沉沉地壓在心坎上。

「心暖如火爐」，想起了故土，心如同火爐一樣燃燒。

文字很淺白，沒有七拐八彎的技巧，如實的反映當下的心情，很能激起人的共鳴。也許你會說，這樣的俳句平平無奇，就是如此簡樸的感情，簡樸的文字，卻構成了一種細水長流的流勢，令人心頭一片澄明。

33.不畏風寒的梅花
——懷鷹賞評曉梅兒〈冬梅〉

凜冽百花殘

喜見枝頭吐暗香

梅蕊傲霜綻

　　冬天來了，帶著凜冽風寒的雪花覆蓋整個大地，百花都凋殘了，一幅悽愴景象。

　　但冬梅卻迎著冬雪綻放了。

　　「喜見枝頭吐暗香」，梅花歡喜漫天雪，越是寒冷開得越豔，可說是傲霜之後的歷練和性格。李煜在〈清平樂‧別來春半〉云：「別來春半，觸目柔腸斷。砌下落梅如雪亂，拂了一身還滿。」這首詞寫的是離愁別恨，虛筆點染，描繪出一種擴大的感情境界與氛圍。

　　曉梅兒的〈冬梅〉卻得一個「喜」字，喜從何來？作者並不直接寫梅花盛開的情景，而是借助「枝頭吐暗香」的氣味，婉轉地告訴我們，隨著梅花盛開，大地又充滿了不可言喻的喜氣。你看，梅蕊在霜雪裡開放了。

　　冬天來了，春天還會遠嗎？在浮動的「暗香」中，我們

觸摸到春姑娘的裙襬，看到她緋紅的臉頰，甚至，連她的舞姿（暗香）也看到了。詩寫出梅花不畏風寒的秉性以及內心的竊喜。

34.窗外之景
——懷鷹賞評盧淑卿〈窗景〉

草木皆入心

鳥語唱情傳美音

樹梢舞不靜

　　窗外的景色，隨著晨昏、晴雨的變化，帶來令人賞心悅目的視覺享受。

　　盧淑卿的〈窗景〉，就是一幅天然的畫屏。讓我們看看她的「窗景」是一幅怎樣的畫？是油畫還是水彩、水墨，還是一筆濃淡相錯的書法？

　　「草木皆入心」，入心的其實不是草木的姿彩，而是「鳥語」。「鳥語唱情傳美音」，草木是靜態的，鳥語是動態的；鳥語可能藏在草木裡，可能在空中、田野。這一陣陣的鳥語，令人心曠神怡。

35.飛升的情感
——懷鷹賞評黃淑媛〈漫遊〉

交錯的山嵐

一片迷濛望無際

繚繞在雲海

　　山嵐指的是飄浮在山間的浮霧，它讓山看起來有一種飄逸朦朧的美感，誘發人的想像和思緒。明‧劉基（1311年7月1日－1375年5月16日／元末明初政治家、文學家，明朝開國元勳。）在〈旱天多雨意五首呈石末公其五〉裡有「旱天多雨意，雲起旋隨風。澤氣沉沙白，山嵐過野紅」的詩句，便是描述山嵐的景象。

　　開頭第一句：「交錯的山嵐」，顯見那山嵐所籠罩的不是一座孤峰，而是綿綿的山脈，該是非常壯觀的山景，寫得開闊。

　　「一片迷濛望無際」，第二句是形容山嵐之氣，一望無際，整個天地都「繚繞在雲海」裡，分不出究竟身在何處？

　　這是一首純粹寫景的俳句，雖然比較輕淡，但有若干水墨畫的韻味。置身於山嵐的環抱中，思緒隨著山嵐之氣飄浮，此時千言萬語都在默默的凝視中化為飛升的情感。

36.可以觸摸的質感
——懷鷹賞評張業美〈遐想〉

船行波搖晃

倩影曼妙空迷惘

雲坐水中央

因為船的航行，激起了波瀾，船和波濤都在搖晃。

「船行波搖晃」，表面上看來沒有什麼玄奧，但給人製造一種錯覺，以為波的搖晃是因為船的推動，船是推手。實際上，船與波是一體的。

天空的雲，岸上的樹和山，甚至飛掠而過的鳥，都倒映在水裡，作者只用了「倩影」概括，必須靠讀者自己的聯想。由於倒影而產生了一種「迷惘」的感覺。

這些紛繁的水景是一種虛像，「雲坐水中央」，焦點集中在雲，水中雲比天上雲更悠閒，於是身心都在瞬間融化了。

此詩重在寫意，借用水裡的倩影襯托出那種悠然自得，繼之浮想聯翩的想像。

詩是平實的，沒有濃墨重彩的描繪，或細膩的筆觸，一個「坐」字讓詩產生一種可以觸摸的質感，從而使波的搖晃更有層次。

37.寫意多過寫象
——懷鷹賞評素心〈疏影〉

騎驢探春遲

踏雪尋梅暗香馥

灞橋贈詩思

注：孟浩然情懷曠達，常冒雪騎驢尋梅，曰：「吾詩思在灞橋風雪中驢背上」。

當我讀完素心的〈疏影〉，耳畔響起黃自譜曲編曲，劉雪庵填詞的〈踏雪尋梅〉。

這是一首帶有民謠風的歌，是一首欣賞冬天自然美景的歌曲，表達了青少年學生騎著毛驢，隨著冬雪的足跡去欣賞梅花綻放的情景。歌詞如下：

「雪霽天晴朗　臘梅處處香

騎驢灞橋過　鈴兒響叮噹

響叮噹　響叮噹　響叮噹　響叮噹

好花採得瓶供養　伴我書聲琴韻

共度好時光」

作者的題記揭示此俳的創作契機：明末・張岱的《夜

航船・卷一天文部・雪霜》中解釋踏雪尋梅：孟浩然情懷曠達，常冒雪騎驢尋梅，曰：「吾詩思在灞橋風雪中驢背上。」

靈感從此詩或歌曲來，都沒有關係，調子是一樣的。

「騎驢探春遲」，在交通不那麼發達的年代，騎驢賞花也許會錯過梅花開放的時序，「遲」，也是一種心情的折射。

「踏雪尋梅暗香馥」，看來，梅花綻放的時節已過了，只餘暗香，然而，香氣仍很濃郁。

就在灞橋這個地方，作者發現詩的蹤跡。

整體結構是很完整的，意思表達得很清楚。此俳雖然意在尋梅，卻看不到梅花，只聞香氣，寫意多過寫象。

38.集李白之大成
——懷鷹賞評素心〈李白〉

關山古道遙

獨酌對飲酒一瓢

清風明月邀

很多人都寫過李白，但筆法各自精彩。

讀素心的這首俳句，三行俳詩都有李白詩詞的影子。

比如第一句：「關山古道遙」，在李白〈長相思〉詩裡有「夢魂不到關山難」句，他夢魂飛揚，雖然天長地遠關山重重，難度關隘，卻還是要去追尋自己心愛的人兒。

對於古道，在李白的〈灞陵行送別〉中有這樣的詩句：「古道連綿走西京，紫闕落日浮雲生」。

靈感也許來自李白的詩，關山和古道結合得很好，沒有痕跡。兩者都表示「遙」這個距離。

「獨酌對飲酒一瓢」。

李白愛喝酒，這是眾所周知的事，詩酒對他來說是渾然一體的，他的很多詩篇都跟酒扯上關係。比如這一首〈月下獨酌〉：

「花間一壺酒，獨酌無相親。

舉杯邀明月，對影成三人。」

作者在這裡巧妙的化用，獨酌何來的對飲？最後一行就給出了答案：「清風明月邀」。詩人說他獨坐敬亭山，那是非常寂寞的自我消遣，其實他並不寂寞，時常邀清風明月來對飲。李白的風骨由此可見。

這首俳句的特點，全在一個「巧」字。如果不熟讀李白的詩，無法融會貫通。

39.更深的「悟」
──懷鷹賞評Y.Chen〈悟〉

霧籠園道樹

遠看似山近卻無

身在景深處

　　寫景而不見景，原來「身在景深處」。景深是攝影用語，能讓畫面更具有衝擊力。

　　這首俳句，也用上了某些攝影技巧，如第一句的「霧籠園道樹」，周圍都變得朦朧，疑幻似真。

　　第一句就吸引了眼球，這是怎樣的一種月朦朧鳥朦朧的景象？景物看得太清晰，有時反而沒有美感。

　　白居易的〈遺愛寺〉這麼寫：「弄石臨溪坐，尋花繞寺行。時時聞鳥語，處處是泉聲」。

　　在唐代的詩人群裡，白居易的詩算是比較通俗淺白，有時接近民歌俚語，也因此更接近生活語言。

　　像這首〈遺愛寺〉，簡單明瞭，朗朗上口，一看就知道他寫些什麼。

　　白居易到遺愛寺是為了「尋花」（賞花），他不直接寫

遺愛寺周遭的景物，而是通過側寫，借他物襯托此物，以達到物我相融合的境界。

這首俳句也是這樣，題目叫「悟」，到底他從大自然裡「悟」到什麼？是來看風景嗎？但園子、道路和樹都把霧遮蔽住了。「遠看似山近卻無」，可見真正霧多深沉。之所以這樣，皆因「身在景深處」。這景深也是跟霧有關。

看似沒「悟」到什麼？實際上，「空」也是另一種悟，而且是更深的悟。

40.雨聲來扣訪
──懷鷹賞評惜貞〈聽雨〉

簷聲又叩窗

風雨頻說春易斷

人面不知還

　　蔡献英寫過〈聽雨〉，惜貞又獻上另一首風格迥異、語言全然不同的〈聽雨〉，可見這個題材具有可表現的元素。

　　「簷聲又叩窗」，簷聲就是往下滴的雨聲。「又」是副詞，用以加強語氣。整個意思是雨聲又來敲叩窗戶。

　　「風雨頻說春易斷」。

　　春意正濃，但風雨一來，春意就斷了。頻說，固然可以理解為這是一場長命雨，但不夠美。

　　「人面不知還」。

　　曾經有過一個雨天，作者還與「人面」敘舊，也許共同聽雨。

　　但這個雨天又來了，「人面」卻不知何處去，讀到這裡，不禁有點惆悵。

　　短短的十七個字，包含了環境、聲音、人面、動作描寫。俳句之所以吸引人，不是沒有道理。

41.無驚無險的驚夢
——懷鷹賞評夏蟲〈驚夢〉

清河溶月影

挽袖撐篙攪春水

舟渡倦鳥驚

雖說俳句自成一格，但與現代詩有千絲萬縷的關係。我們可以看到俳句借助現代詩的表現手法和語言特點，正所謂相輔相成，互為輝映。

如夏蟲這首〈驚夢〉。

驚夢本身原是驚夢一場，所以出現在我們面前的場景是虛擬的。

我們看看作者運用文字的功力。

「清河溶月影」。

第一句裡有兩個影像，一是清河，一是月影。月影投射在河裡，作者用了「溶」這個字眼，就把兩者統合起來，這其實是現代詩的寫法。

「挽袖撐篙攪春水」

如此精妙的境地，使作者忍不住把袖子挽起來，親自撐

篙泛舟河上，不意卻把春水攪動了。

　　「舟渡倦鳥驚」。

　　驚夢的驚，就在這裡。作者並非把自己比喻為驚鳥，他的心情是多麼的悠閒，驚鳥應是藏匿在河邊樹叢的鳥兒。

　　整首俳句無驚無險，但在語言結構方面，確實有一套套路。

42.比酒香還濃郁的茶香
——懷鷹賞評林振任〈瑞里〉

春日少陽光

竹徑客來嵐上鄉

濃霧擁茶香

　　我不曉得瑞里是否是地方名，如果是，這倒是一個距離「仙境」不遠之鄉；也可能是一個遠離市囂的小鄉村。

　　詩人喜歡漫遊，選擇一個少陽光的春日，走在「竹徑」上，鄉村被一層山林中的霧氣包攏，顯得朦朧輕盈。輕盈的是人的腳步。人在竹林包圍中的小徑行走，心情無比舒暢。

　　最後一句「濃霧擁茶香」，意境很美。大概瑞里是個茶鄉，濃霧中茶香彌漫，令人心胸敞開。

　　短短的十七個字，看似浮淺，實則寫出茶鄉的清新遼闊，而且含有一絲不易覺察的禪機。城市人與大自然的關係越來越疏離，更別說去鄉村踏青。詩人借竹徑、嵐上鄉、濃霧、茶香等意象營造一個與世無爭、靜謐的環境，那絲絲縷縷的茶香比酒香還濃郁。

【賞評者簡介】

懷鷹，祖籍福建南安。曾在電視臺服務14年，也曾在《聯合早報》擔任電子版編輯。出版37部著作，2019年榮獲第十屆《新華文學獎》。目前為「四海‧文學雅舍」管理團隊導師。

43.結一樹不朽的傳奇
——孫嵐賞評懷鷹〈松果〉

不腐的神話

蘊藏千年之奧秘

就等夢成熟

　　松果是什麼呢？顧名思義，是松樹的果子，學名毬果。松樹、杉樹、柏樹……都會結毬果。作為繁衍後代的種子，就藏在毬果裡。毬果是由像魚鱗一樣層層的果鱗交疊而成。碰到乾燥的季節就會打開鱗片，讓種子飛出掉落，開始傳宗接代。又《論語‧子罕》篇，孔子說：「歲寒，然後知松柏之後凋也」。松柏，在儒家文化裡，是有德君子的象徵。正是「路遙知馬力，板盪識忠臣」這句話的實體代表。

　　詩人這首俳句一開始就點出松果是「不腐的神話」，的確，種子飛出果體後，再把生命延續下去，這是不腐之一。之二，留下的母體，不但不會腐朽，還可以收藏成為藝術品。而作為神話，自然是流傳人間，千年不壞，令人充滿想像。於是就有了第二句「蘊藏千年之奧秘」，而「千年」是一個誇飾用語。須知「十年樹木，百年樹人」，一棵冷杉，

一棵松樹，需歷經多少寒暑才能長成；需看盡多少悲歡而後開花結果。如同一個民族的文化，是需要多少血和淚的淬煉，朝代的遞嬗，才能成就。就自然生命的演化；就文化象徵意義而言，這千年奧秘正是不腐的泉源。

最後一句「就等夢成熟」，承接第二句而來，又呼應了第一句。松果有它的夢，你也有你的夢，而我也有我的夢，至於什麼夢，就留待讀者去咀嚼吧！最後一句的留白，很美，餘音繞樑。

這是一首層次分明，調子完整的新詩俳句。

44.夜涼如水夢自圓
——孫嵐賞評懷鷹〈影〉

捕捉你的影

在如水的夜色中

轉身化清風

　　很喜歡這首俳詩。題目叫做「影」，只有在有光的時候，我們才能看見萬物的影子，當太陽下山了，或沒有月色的夜裡，影子便沒入黑暗中，看不見了。然而影子便不在了嗎？不是的，影子雖看不見，並沒有消失，它一直存在著。

　　詩一開始，詩人便說「捕捉你的影」，這個「影」，具體是什麼？不得而知。有可能是寫詩的靈感；有可能是「如水的夜色中」那一點點的感動；也有可能是詩人思念之人。總之，「你」可以概括許多的心緒，實相或虛相。無時不在。

　　「如水的夜色」是清涼的，一般說來，看到這樣的句子，總會把讀者帶入「月華如練，好風徐徐」的夜色中。既有月光，何苦沒有影呢？當然有，自然要捕捉。但是，作者第三句卻來個「轉身化清風」，與第一句有強烈的對比，反而予人以萬事隨緣，切莫強求的感覺。有一種放下，不執著

的態度。正所謂「揮一揮衣袖，不帶走一片雲彩」，「你記得也好，最好你忘了，在這交會時互放的光亮」。享受過程比得到結果還要沁人心脾。

45.人生何事不得香
──孫嵐賞評李佩芳〈茉莉花〉

素姿冰魄漾

晨柔露清吐芬芳

茶中一味香

　　這首「茉莉花」寫得就像「茉莉花」，潔白無暇。

　　第一句「素姿冰魄漾」，點出了茉莉花的樣態。她就是小小的，沒有刻意的裝飾；沒有誇張的容顏。靜靜地開在陽光下，開在月光中。「冰魄」形容茉莉花更傳神，她是那樣的純淨，魂魄「冰」清而玉潔，像水「漾」在風中，雨中，茶水中。是「盪漾」，也是「樣態」。可能也因為茉莉花的聖潔，所以在阿旃陀壁畫裡，菩薩的寶冠上就有鏤金的茉莉花。堪配菩薩啊！

　　在清晨時分，萬物正要甦醒時候，茉莉花在柔柔的晨光中，晶亮的露水裡吐著芬芳說著：「起床嘍」，彷彿一位梳洗穿戴完畢的小家碧玉親切地叫喚眾人早起，為一天生活努力打拼吧！

　　第三句「茶中一味香」，呼應第一句「冰魄漾」。茉

莉花可以泡茶,可以入藥。作者以花泡茶,品味其淡淡的香氣,如同我們的人生,在年老時候,品著一杯茶,把所有吃過的苦都當成吃補吧!這樣想,不香也難。

46.把冬天活成春天吧
——孫嵐賞評秋葉〈冬去春來〉

風雪未停止

梅在枝上展舞姿

傲然將日戲

　　初見這首俳句，令我想到南北朝陸凱所作〈贈范曄詩〉：「折花逢驛使，寄與隴頭人。江南無所有，聊贈一枝春」。很跳tone的思路吧！實在是因為「梅在枝上展舞姿」這一句，讓我聯想到「一枝春」。

　　俳句的題目喚作〈冬去春來〉，而〈贈范曄詩〉中「一枝春」，就是梅花。以一枝梅花代表著春天，代替了濃濃的友情。在冬收雪藏時候，把溫暖送給了好朋友，相信范曄一定頗為感動。

　　秋葉的〈冬去春來〉同樣也表達出對春天送來溫暖的期待。首句「風雪未停止」，點明梅花生存的環境其實非常惡劣，就像人生路上的許多困頓，挫折一直都在。然而，如同「梅在枝上展舞姿」一樣，我們要把所有的苦難當成磨練，笑笑應對。雖然風雪不停地襲擊，可梅花依然盡情綻放，「疏影

橫斜，暗香浮動」，把必然的困頓活成了必須的如意。

　　於是敢挺起脊樑大聲的說「傲然將日戲」。冬天走了，春天還會遠嗎？記著，天下沒有過不去的坎兒。三句話，由景寫入情，好俳。

【賞評者簡介】

　　孫嵐，愛幻想又敏感的雙魚座，常常被自己嚇到。

　　寫詩，寫文，閱讀，是我生活的一部分，也是生命的另一種印記。於我，文字捕捉了平凡，創造出另類的尋常。

　　有部分作品散見報紙副刊與雜誌，證明「我來過」。

　　目前為「四海‧文學雅舍」管理團隊成員。

47.〈秋中吟〉讀後感
——蔡献英賞評懷鷹〈秋中吟〉

蝴蝶花中舞

道是天涼好個秋

東山掛片雲

　　懷鷹老師這帖俳句，可說是「情境，意境，禪境」三境俱足的好俳。「五七五俳句」雖然只有短短的三行十七個字（日俳是17個音節），但是其中所蘊藏的「言外之意」卻是非常耐人尋味的。就以懷鷹老師這帖〈秋中吟〉而言，內中就有以下幾點意涵，試剖析如下：

　　1、第一行「蝴蝶花中舞」這句詩讓我聯想到唐・李白〈長干行〉詩中「八月蝴蝶黃，雙飛西園草，感此傷妾心，坐愁紅顏老」這個畫面。詩人李白在這句詩中，細膩的描繪出一位「閨中少婦」因觸景生情，想到了遠行不歸的夫君，頭髮都快要愁白了。在第一行中，一方面將「秋」的「季語」，用「蝴蝶花中舞」巧妙的襯托出來，另一方面交代了「秋愁」的原因。

2、第二行的「道是天涼好個秋」又不禁讓人想到了
宋・辛棄疾〈醜奴兒〉這闋詞：「少年不識愁滋
味，愛上層樓；愛上層樓，為賦新詞強說愁。而今
識盡愁滋味，欲說還休；欲說還休，卻道天涼好個
秋。」懷鷹老師用「道是天涼好個秋」描繪出歷盡
滄桑之後的人生，雖已經「識盡愁滋味」，卻刻意
將這個「愁」字深埋於心中，和李白「抽刀斷水水
更流，舉杯消愁愁更愁。」這句詩的意涵略同，都是
努力的想將愁煩置之於度外，沒想到卻是適得其反。

3、第三行「東山掛片雲」，這一行是全俳的重心，也
是隱含禪意之所在。懷鷹老師對禪詩（偈詩）的造
詣頗深。古來偈詩往往將「山」意表「心靈」：將
「雲」意表「愁煩」。如宋・「雷庵正受」那一首
膾炙人口的偈詩：

　　千山同一月，
　　萬戶盡皆春。
　　千江有水千江月，
　　萬里無雲萬里天。

這首偈詩中的「千山」意表人心，「千江」意表眾生，

「水」意表法水，「月」意表佛性。「雲」意表愁煩。古語也云：「一葉障目」，一片小小的葉子，就足以遮蔽我們的眼目。同理，心中一點愁煩，也會影響我們整個「身、心、靈」之清明。懷鷹老師在第三行中，用了「東山掛片雲」這五個字，真是神來之筆。正好總結全俳之題旨：「守得雲開見月明」。以上是我個人對懷鷹老師這篇大作〈秋中吟〉的一點愚見。

48.俳與文的對話
——蔡献英雅和懷鷹〈曇花〉并賞評

〈曇花〉蔡献英

好花瞬間開

良辰美景不常在

癡等君未來

注：回應懷鷹老師大作〈曇花〉，原玉如下。

〈曇花〉懷鷹

曇花開的時候，通常是不經意的，很少人會從半夜守候至它開滿的那一刻，那一刻也就是它最美最香的一刻；美是需要等待的。

在鄉下種曇花很普遍，幾乎每隔幾戶人家都種上一株或多株，老遠就能聞到香味。搬到組屋後，偶爾會見到走廊邊擺著一盆曇花，花開的時間很短，早晨醒來，花也凋萎了。

現代人太匆忙了，以致於錯過許多美好的時辰。日子匆忙而蒼白，不知道為什麼活著，該做些什麼來填補內心的空虛。於是你可以看到，一到了夜晚，巷子裡的夜店，總是一

大堆人，男的女的，坐在高腳椅上抽煙、喝酒、高談闊論、嘻嘻哈哈、瘋瘋癲癲，放放浪浪，直到凌晨才帶著醉醺醺的身體踏上歸程。也許這樣的麻醉可以暫時脫離煩瑣的人世，回歸一點天然的野性，找回一點模糊的記憶。

如果他們肯靜下心來，哪怕只是短短的一瞬，看看曇花怒放，聞著從未聞過的香，相信他們的夢，會有另一番風光，一絲靜謐的甜夢吧。

49.又見炊煙
——蔡献英賞評懷鷹〈炊煙〉

笑彎了黃昏

晚歸的遊子聽到

飯香的呼喚

　　懷鷹老師這帖〈炊煙〉頗見巧思。在我小時候（4、50年代），家家戶戶煮飯都是燒柴火。每到黃昏，就有裊裊炊煙，從煙囪迴旋而上，隨風飛舞。這幕場景，對晚歸的遊子，是一種溫暖的呼喚。

　　這帖俳句第一行

　　「笑彎了黃昏」。

　　在詩人的眼中，裊裊的炊煙，意表的就是一幅祥和、快樂的黃昏景象。因為炊煙本身是迴旋而上（彎彎曲曲），因此，詩人刻意用「笑彎了黃昏」來形容，想像力非常豐富。

　　俳句第二行

　　「晚歸的遊子聽到」。

　　詩人特別營造出晚歸的遊子「聽到」而非「看到」這幕場景，意表著遊子不是用眼看，而是用心在聽，聽那看不見

的故鄉（慈母）在呼喚。

　　這帖俳句第三行

　　「飯香的呼喚」。

　　詩人用飯香來意表慈母的愛心，這種感受，不是真正聞到飯菜的香味，而是在心靈深處，聽到了慈母那無聲的呼喚。整帖俳句「情境、意境」兼備。充分發揮了俳句「言簡意賅、意在言外」之特色。非常值得俳句同好參考。

50.俳句的奧妙之處
──蔡献英賞評德清〈俳趣〉

會心觀物趣

詩情幽境偶相遇

拈花入俳句

　　詩人陳德清教授的這帖〈俳趣〉，將五七五俳句的奧妙之處，闡釋的非常透徹。日本俳句大師「正岡子規」強調，一帖有深度的俳句，應該是「寫景」、「寫情」和「寫境」，三樣俱足，層次分明。就像用俳句在寫生（繪畫）一樣。符合古人「詩中有畫，畫中有詩」之旨趣。

　　詩人這帖俳句第一行

　　「會心觀物趣」。

　　開宗明義，將俳句的「寫景」，發揮的淋漓盡致，道出俳句的靈感來源，始於大自然的「景物」。所謂「萬物靜觀皆自得，四時佳興與人同」即為此意。要能真正體會出大千世界的妙趣，一年四季的變化，只有「會心、靜心」去領受，去體悟，自然會有一番心得。

　　這帖俳句第二行

「詩情幽境偶相遇」。

這一行將俳句的「寫情」和「寫境」巧妙的結合在一起。正如古人所言：「文章本天成，妙手偶得之」。有了第一行對景物的體會之後，觸景生情，由情入境。完全靠個人的文學與靈性的修為，佳句自然水到渠成，妙手偶得之。

這帖俳句的第三行

「拈花入俳句」。

更是將俳句的境界提升到「禪境」的地位。「拈花」意含禪宗「拈花微笑」的典故，意表「以心傳心」只能意會不可言傳的禪宗心法。詩人一方面點出了五七五俳句「言簡意賅」，「意在言外」的特性之外，並強調可以將俳句提升到「禪境」這個層次。

短短三行十七個字，就將五七五俳句的妙趣涵蓋無遺，這種造詣，真是爐火純青，令人佩服！

【賞評者簡介】

蔡獻英，1950年出生於台灣嘉義布袋這個濱海的地方。1974年於政治作戰學校（今國防大學政戰學院）政治系畢業，服務軍旅15年，退伍後從事個人健康保健迄今。熱愛中

華文化，古典文學，以及575俳句之研究，目前忝任「四海·
文學雅舍」之管理團隊。

51.無語問蒼天
——德清賞評南橋思〈泣〉

無端烽火起

隆隆砲彈生死離

有淚向天啼

　　自古以來，戰爭即是關乎家國、天下的大事，俄、烏之戰，宛如平地驚雷，震撼了全世界。詩人秉持著對現實的關懷，寫下這首動人詩篇。

　　戰爭的起因，錯綜複雜，旁人往往霧裡看花，難以真正釐清。然而，追究到根源，總不離人心的貪婪與仇恨。起首「無端」兩字，道出戰事的突然與沒來由，原來點燃烽火的理由，只是一種莫須有的藉口。

　　「隆隆砲彈生死離」，描摹戰場上砲火四射、爆炸聲此起彼落的景象，充滿臨場感；也映現出百姓生離死別、驚恐逃難的畫面。彷彿電影蒙太奇手法，藉由鏡頭轉換，將戰爭的現場與慘況，真實地呈現出來。

　　結句「有淚向天啼」形象鮮明，最為傳神！可以想見渴望和平的人民，哀哀無告，含著眼淚「無語問蒼天」的悽

愴；其中隱含著詩人深切的悲憫與同情。

　　整首俳句以現實為題材，先敘事、後抒情，層次分明，饒有無盡的餘韻。

52.血淚澆灌的藝術
——德清賞評懷鷹〈筆觸〉

蘸著血和淚

把天空寫成一幅

巨大的草書

　　天空有如廣闊的畫布，變幻不定的浮雲，嫣紅的晚霞，都是畫布上美麗的構圖與色彩。然而，在詩人心中，天空卻化成可以盡情揮灑的宣紙，如椽的巨筆一揮，筆走龍蛇，流動的線條酣暢淋漓，一幅氣勢磅礡的草書便懸於天際，讓人屏息仰望。

　　最特別的是，書寫時飽蘸的不是墨汁，而是血和淚。王國維曾引尼采的話：「一切文學，余愛以血書之者。」無論是書法或詩文創作，都必須嘔心瀝血，傾注滿腔的熱誠，將生命、情感融於筆畫中，以汗水、淚水來澆灌，才能成就傑出的作品，才有動人的力量。

　　這首俳句結合了自然景觀、書法藝術，更觸及詩文創作的本質與艱難。小小篇幅裡，卻讓人感受到大格局、大氣魄。閱讀時，宛如看到草聖張旭「揮毫落筆如雲煙」的豪邁

瀟灑；只是，草書雖讓人驚嘆，讀懂的人卻不多見，詩中或
許也隱含有「知音難見」的感慨吧！

53.浮生半日閒
——德清賞評范詠菁〈登覽〉

霞光映蒼穹

雲海似浪迢迢湧

青山誰與共

　　現代都會中，觸目所見盡是高樓林立的景象，道路上車水馬龍、人潮擁擠；生活於其間，緊張、忙碌與窒礙，是揮之不去的陰影。

　　偶而，背起行囊，輕裝上路，走入大自然的懷抱，暫時逃離城市喧囂。循山路而行，滿眼翠綠，鳥鳴蟲唱。當詩中人登上山頂時，視野豁然開朗，但見彩霞映照天空，遠方雲海如波濤洶湧；「迢迢湧」三字，摹寫出雲海翻騰的遼闊氣勢，頗具動態美。面對這瑰麗雄奇的場景，詩人不禁興起誰能共賞的浩歎。

　　本首俳句以「登覽」為題，不在細微景物上著墨，描繪的是霞光、蒼穹、雲海與青山，氣象萬千，意境相當高曠。獨立峰頂之上，山風吹散了心頭的塵埃，眼界寬廣，胸懷也隨之而朗闊。詩中所吟詠的不僅是「一覽眾山小」的豪情，

還有「勝事空自知」的逸興。登高攬勝，既是苦悶生活的調劑，也是回歸自然，提升性靈的旅程。

54.巧妙的隱喻
——德清賞評懷鷹〈巷子〉

長而長巷子

爬向幽深的黑夜

變一隻蝴蝶

　　以白話創作俳句，易寫而難工，常會流於平淺無味；然而，懷鷹老師的〈巷子〉卻在淺白的語言中，蘊含著鮮活的意象與深刻意蘊，格外耐人尋味。

　　閱讀這篇作品，首先感受到一種奇麗的想像，蝴蝶與巷子看似不相干，卻能巧妙地結合在一起。由蝴蝶意象往前尋繹，發現詩中隱然把長巷比擬為蟲，而黑夜就像蛹；長長的巷子迤邐而行，穿過黑夜幽深的繭，化為美麗的蝴蝶，摹寫出巷弄由暗夜迎向光明，為尋常的景象塗抹上一層亮麗的色彩。

　　全詩隱喻著深刻的人生哲理，在漫長的人生旅途中，難免會遇到挫折困頓，心靈被禁錮在暗夜裡，找不到出口；然而，生命的勇者卻能通過試煉、破繭而出，展現美麗又動人的姿采。

　　在詩筆的點染下，無論有情與無情彷彿都有了靈性；結

尾一句，異峰突起，更將詩境提升到另一個高度，也留下無限的想像空間。

55.詩情與禪趣
——德清賞評蔡献英〈悟〉

歸舟滿江雪

紅塵夢醒一輪月

花落見黃蝶

　　一首精彩的俳句，也許具有濃郁的詩情，或者內蘊著生命哲思，有些更閃爍著禪的機趣；而這首〈悟〉，同時具備了詩情、哲思與禪趣，尤為經典。

　　首句描摹漁舟返航，滿江霜雪的景致，畫面相當空寂、潔淨。歸舟意象，讓人聯想到人生追尋之後的回歸，江雪亦隱含著心地的清曠明靜。

　　第二句，極寫人生的虛幻，世間的繁華與得失，宛如南柯一夢。當紅塵夢醒，但見天心一輪明月；象徵照見本心的瑩潔，體悟到真實的生命風光。

　　在這樣的心境下，無論是鳶飛、魚躍，都成為閒賞觀照的清景；花落、蝶飛，在一落一起之間，宇宙萬象的生滅變幻，無不充滿著活潑的氣息與生趣。

　　白雪、紅塵、落花與黃蝶，色澤鮮明，展現出自然景物

的繽紛多彩，在月色籠罩下，更交融成優美和諧的意境。整首作品的詩境、意境與禪境具足，對宇宙人生的感悟良深，令人吟詠不盡。

56.生命的漂泊流浪
——德清賞評蔡献英〈漂泊〉

輾轉又年終

隨處飄蕩一孤鴻

落拓煙雨中

　　一年的尾聲，濃濃的年節氣氛，本就容易觸動內心的感懷，更何況是羈旅他鄉、到處漂泊的遊子？家家戶戶都在準備與親人團圓時，對於無法返鄉，乃至無家可歸的流浪者，詩人內心卻有一份柔軟的關照，格外讓人感動。

　　俳句中，藉由孤鴻的輾轉飄盪，寫出異鄉遊子居無定所，不能得到真正安歇的辛酸。歲暮冬寒、孤鴻煙雨，一個「孤」字，已透顯出內心長久以來的寂寞孤獨；而濛濛的煙雨，交織成一片蒼茫情境，讀來更是倍覺淒迷，令人低迴。

　　李白說：「天地者，萬物之逆旅也。」這首俳句也隱喻著人在世間只是「異鄉人」的宿命。人的一生，走過一段又一段的旅程，看遍沿途美好風光，卻無法恆久棲止，何嘗不是在廣袤的時空裡漂泊、流浪；何處才是可以居、可以止的真正歸宿？這份生命的省思，讓整首作品別具哲思與深度。

57.紅樓寄慨
——德清賞評孫嵐〈塵緣〉

幾世的印記

說不盡紅樓舊夢

都在輪迴裡

　　《紅樓夢》是中國古典小說的最高峰，書中描繪賈府家族
由盛而衰，哀艷感人的故事，更隱含世事如夢、繁華易謝的感
慨。讀這首俳句，很容易將它與這份深沉的感觸作連結。

　　紅樓故事裡，無論是木石前盟、金玉良緣，都有著前
世今生的情愛糾葛，彷彿綿延了「幾世的印記」。種種恩怨
情仇，在「紅樓舊夢」裡牽纏不斷，豈是三言兩語所能說得
清、道得盡？

　　東坡說：「古今如夢，何曾夢覺，但有舊歡新怨。」紅
樓的故事之所以動人，就在於它也是每一個人的故事。紅塵
的情緣，如果沒有真正醒覺，我們同樣只是在永無止盡的輪
迴裡，一再作著重複的夢。

　　看似淺近的俳句，卻涵藏著深厚的文化底蘊，芸芸眾生
的悲歡離合也隱然可見，頗具深度與廣度。俳句最後以「都

在輪迴裡」作結，既是對紅樓中人的感慨，也是對生命的深徹反省，可謂結得鏗鏘有力又餘韻無窮。

58.千古思愁
——德清賞評張威龍〈弦月〉

天地一吊鉤

掛滿千古思與愁

圓缺豈可留

　　夜晚時分，抬頭仰望天空，月亮總是備受矚目的焦點。李白曾以白玉盤、瑤臺鏡來形容月的皎潔圓滿；這首俳句則以「天地一吊鉤」比擬弦月，帶出詩情。

　　「吊鉤」不僅描摹出新月如鉤的形貌，更由其掛物功能，詩人聯想到「掛滿千古思與愁」，出奇的想像讓詩意飛躍升騰。的確，古今不知多少文人墨客，面對明月吟詠出動人詩句：「可憐閨裡月，長在漢家營」、「共看明月應垂淚，一夜鄉心五處同」；如果種種情愁也有具體相狀，這一彎弦月能否承受！

　　月的陰晴圓缺，依循著自然理則；人間的悲歡離合，緣起緣滅，亦難以強求。「圓缺豈可留」，實寄寓著對天道、人事的通透體悟。

　　整首俳句從形象描繪、情意點染，歸結到哲思理趣，詩

意的轉折自然而有情致。「千古」與「天地」將時空延展，形成開闊的境界；新鮮的比喻、活潑的想像，更增添了閱讀的美感與趣味。

59.動靜之間
——德清賞評潘佳營〈蒼鷺〉

蒼鷺溪邊立

定若參禪待良機

倏地猛出擊

　　傳統俳句注重季節色彩，因此描寫風景、花卉的作品較多；刻畫動物的篇章，相對較少，寫得精彩的更不多見。

　　這首俳句在精簡的語言裡，描繪出蒼鷺覓食的空間場景、寧定神態、以及迅猛有力的動作；由佇立、等待、而後出擊，環環相扣，一氣呵成，令人驚豔。結尾定格在牠展開雙翅、撲向獵物的剎那，形象相當生動。

　　為了捕魚，蒼鷺耐心守候等待，直到時機成熟，才有所行動。「待機」二字，點出事情成功的關鍵，也帶來深刻的啟示。

　　俳句追尋一種與「禪」相應的意境，靜中含動、動中含靜，看似矛盾對立的元素，卻能和諧交融。蒼鷺身上同時蘊含著「動如脫兔，靜如老僧」的特色，詩人掌握這份特質，捕捉到由靜而動的機微，記錄了大千世界的瞬間光影，不僅深具詩情與畫意，其中隱含的禪趣，尤其耐人尋味。

60.美麗清淨的點化
——德清賞評李佩芳〈蜻蜓〉

何曾片水沾

空靈雙翼起翩翩

點化一池蓮

　　詩詞中吟詠蓮荷之美的作品頗多，這首俳句則聚焦在荷塘一隅的小小配角——蜻蜓，可說是別出機杼。

　　起筆橫空而來，一句「何曾片水沾」，似乎掃盡所有塵垢的沾染，雖不細寫景物，而筆法更見明淨、高曠，也為讀者帶來些許懸念。

　　「空靈雙翼起翩翩」，主角正式出場，回應了閱讀時的心理期待；因為空靈，所以不受水沾，既如實點出蜻蜓羽翼的通透，也為翩翩舞姿增添無限美感。

　　結句「點化一池蓮」最為精彩，蜻蜓像是擁有神秘魔法棒的小精靈，輕輕一點，滿池沉睡的蓮花便紛紛甦醒、剎那盛開；奇幻的想像力，令人驚嘆。

　　本詩把蜻蜓點水、不沾不滯的情狀，摹寫得極為靈動、傳神；藉此也寄寓著身在紅塵不染塵的情懷。「點化」二字

用得巧妙，彷彿將塵濁的世間化為蓮花世界；也象徵走出自我，美化世間的善願，意蘊極為深刻。

61.亂離的悲歌
——德清賞評素心〈憂心〉

子規啼夢瘦

冷弦幽咽寄相思

離散兩綢繆

　　子規又稱杜鵑鳥，它的叫聲悲切淒涼，常喚起深藏於心的幽怨情懷；在古典詩詞中，杜鵑泣血、不如歸去的故事，總是哀惋而動人。

　　首句「子規啼夢瘦」，即以杜鵑夜啼起興，透過「啼」將鳥鳴與夢中的哭泣交織揉合。瘦，既勾勒出單薄憔悴的身影，也隱含著夢斷的意涵。

　　從夢中含淚醒來，詩中人的愁緒無以排遣，於是藉由彈琴來寄託滿懷相思；「冷弦幽咽」，摹寫琴音的清冷低咽，渲染出一片淒迷情致。

　　結句描述彼此雖然遠隔，情意仍是深摯綢繆，和上文的「相思、瘦」，前後呼應，相當緊密。

　　兩地相思、情真意切，這份情感看似與傳統的「閨怨詩」雷同；然而，「離散」二字卻隱含時局的動盪，以及亂

世中親友生離死別的境況。兒女情懷的書寫，寄寓著大時代的流離悲歌，讓俳句格局頓見開闊；題目名為「憂心」，也點出了期待天下太平的深意。

62.花落香猶在
——德清賞評惜貞〈落花淚〉

飛花珠淚銜
跌落塵土埋思念
餘香拂客衫

　　傷春悲秋是古典詩詞的重要主題，描寫此類情懷的作品，往往情景交融，精彩紛呈；本首俳句即隱隱呼應這一久遠的文學傳統。

　　春意闌珊，群芳漸次凋零，經過風雨的洗禮，花瓣有如美人嘀著珠淚，含愁帶怨；當它從枝頭翩然飄落，情境是何等淒迷。飛花終究要歸於塵土，化為春泥；「埋思念」不只寫出零落塵泥的無奈，更道出縱有千般不捨與思念，只能深深埋在心底，詩意相當豐富。

　　前兩句以花擬人，將花的多情和賞花人的憐惜交融成片；既隱含生命隕落的悲傷，也帶著無可奈何的輕嘆。花瓣落土了，但一縷香魂淡淡，餘芳仍自裊娜，拂動賞花客的衣衫。猶如陸游的詠梅：「零落成泥碾作塵，只有香如故」；形軀的生命有限，但內蘊的芬芳卻永遠流傳。

　　這首俳句在吟詠景物的同時，點出了生命的真正意義與
價值，情意飽滿，動人心弦。

63.動態意象的塑造
——德清賞評Y.Chen〈春晨〉

曉日叩東窗

雀鳥清啼沐金芒

嫩芽昂臉龐

　　春天的早晨，陽光明媚、處處鳥鳴，草木一片欣欣向榮。這樣的景象隨處可見，然而，在詩心的巧妙剪裁下，這首俳句展現出格外鮮活的意趣。

　　「曉日叩東窗」，叩字將曉日擬人，陽光像個訪客輕叩窗子，彷彿要喚醒夢中人，增添不少詩的趣味性。叩窗帶來清亮的音聲，與李賀：「羲和敲日玻璃聲」的詩句，同樣藉由聽覺，讓人感受到陽光的亮麗。

　　次句，描寫詩中人從夢中醒來，迎接晨曦的召喚，聽到的是鳥鳴清唱，看見的是大地沐浴在金色光芒裡。「嫩芽昂臉龐」，一個「昂」字，把草木仰望陽光的神態，寫得栩栩如生，洋溢著清新的朝氣與希望。

　　這首作品不直接敘寫對春日晨光的感受，但萬物甦醒的無限生機卻已充分展現。叩、沐與昂等動詞，運用得相當精

確；一字之妙，情韻盡出，也增加閱讀時的想像空間，可說
是善於塑造動態意象的佳構。

64.鄉土的守護者
——德清賞評林正義〈老榕〉

根鬚百代長

獨守此地天滋養

浴雨沐陽光

　　鄉間到處可見榕樹的身影，伴隨著土地公廟，成為村民休閒聚會的場所。榕樹的氣根細長如鬚，宛若老者飄拂的鬚髯，這首俳句就從這一特色起筆。

　　「根鬚百代長」，以時間的久遠描寫榕樹的老、根鬚的長；正如李白詩「白髮三千丈，緣愁似個長」一般，極具文學上的渲染與誇飾效果。

　　「獨守此地天滋養」，敘述老榕盤根錯節，牢牢抓緊大地，獨守一方的情狀，猶如土地神明默默守護鄉土、福蔭百姓，可說別具深意。「天滋養」點出了萬物與自然的關係，無論是草木或有情眾生，無不蒙受上天的恩澤而成長、茁壯；天人之間和諧感通，亦饒富理趣。

　　「浴雨沐陽光」進一步說明了「天滋養」的意涵，也展現出不畏日曬雨淋，積極樂觀的精神。

　　整首俳句描寫老榕雖已年邁，仍然精神抖擻，頂天立
地，有一種捨我其誰的氣概；言簡意深，耐人尋味。

65.寂寞有聲
——德清賞評南風〈月下〉

半邊月的路

異鄉人與石較勁

踢響了孤寂

注：追憶那年隻身在產油國工作，一天夜歸，行走在一段沒有路燈只有月
色照明的碎石路上。

　　遠離家園，獨自在國外工作生活，難免有思鄉的情愁；
本首俳句所描寫的正是異鄉人那無以排遣的寂寞。

　　一條碎石鋪設的小路，在月光斜照下，半邊明亮、半
邊黑暗；有如心境的或明或暗、時陰時晴。夜晚，下班返家
時，疲憊的身心更容易引發內心的孤獨；於是走著、踩著，
讓石子的窸窣聲與碰撞聲，陪伴自己。

　　「與石較勁」，敘述了腳步的沉重，無意間使勁踢踏
的舉動，反映出積壓於心底的情緒；然而，靜夜中迴盪的聲
音，又豈能填補空虛的心靈？寂寞踢不開、趕不走，碎石聲
愈響，孤獨也愈深。「踢響了孤寂」一句，相當具有創意；
將心底的情緒，化為有形質的音聲，真是鏗鏘有力。

月下的小路，踢著石子的身影，還有縈迴不去的孤寂；寥寥幾筆，勾勒出一幅意境悠遠的詩篇，清淺有味。

【賞評者簡介】

德清，是陳清俊、鄭敏華夫妻共同的筆名。兩人皆為大學中文系退休教師，喜歡簡單生活，學佛之餘也寫寫俳句、詩文評賞；無論創作或評論，皆有兩人共同參與的身影。希望藉由俳句書寫，記錄生活，將平凡歲月提煉出幾分詩意與甘甜。現為「四海・文學雅舍」管理團隊成員。

66.分享讀後感
——秋葉賞評蔡献英〈早春〉

淒冷的庭院

突然冒出一張臉

是那莽杜鵑

　　蔡献英的〈早春〉寫的好。

　　頭一行：「淒冷的庭院」，真讓人感到冷冷清清，淒淒慘慘戚戚，好似李清照所描述的情景一般，孤寂冷清無所尋覓的時候，就是突然，突然地出現了！

　　第二行的：「突然冒出一張臉」，要是沒有第三行的「是那莽杜鵑」，我會亂猜亂想。可這杜鵑一莽撞出來，真是絕妙佳句，就因為這莽杜鵑出現，所以才緊扣〈早春〉之題目，杜鵑出來了！春天也跟著早點出來了！妙！妙不可言的早春。

【賞評者簡介】

　　秋葉，現是宅在家中的婦女，對於俳句575，我是初學者，感謝四海，讓我能夠學習到俳句。

國家圖書館出版品預行編目

四海俳句賞評集 / 懷鷹, 孫嵐, 蔡献英, 德清合
著. -- 臺北市：獵海人, 2022.09
　面；　公分
　ISBN 978-626-96408-0-5(平裝)

831.86   111015104

四海俳句賞評集

主　　　編／懷鷹
執行編輯／孫嵐、德清
作　　　者／懷鷹、孫嵐、蔡献英、德清等合著
策　　　畫／「四海 ‧ 文學雅舍」管理團隊
出　　　版／獵海人
製作銷售／秀威資訊科技股份有限公司
　　　　　　114 台北市內湖區瑞光路76巷69號2樓
　　　　　　電話：+886-2-2796-3638
　　　　　　傳真：+886-2-2796-1377
網路訂購／秀威書店：https://store.showwe.tw
　　　　　　博客來網路書店：https://www.books.com.tw
　　　　　　三民網路書店：https://www.m.sanmin.com.tw
　　　　　　讀冊生活：https://www.taaze.tw

出版日期／2022年9月
定　　　價／250元